KB265180

풀잎들의 부리

풀잎들의 부리

글쓴이 / 김광렬
펴낸이 / 孫貞順
펴낸곳 / 모아드림

1판 1쇄 / 2005년 4월 2일
1판 2쇄 / 2005년 9월 22일

서울 서대문구 북아현3동 180-22
전화 / 365-8111~2
팩시밀리 / 365-8110
E-mail / morebook@korea.com
　　　　　 morebook@morebook.co.kr
http://www.morebook.co.kr
등록번호 / 제2-2264호(1996.10.24)

값 6,000원

모아드림 기획시선 75

풀잎들의 부리

김광렬 시집

모아드림

■ 自序

　　창문을 여니 나뭇가지마다 물방울을 달고 있다. 밤새 비가 내린 것이다. 마침 돋아난 햇살에 은빛을 반짝인다. 댕댕 종소리 울려댈 것만 같다.

　　이제 봄이 멀지 않았구나 싶은데 아직도 동장군이 기승을 부린다. 헐렁한 옷을 입고 밖으로 나섰다가 된서리를 맞고 만다. 뾰족하고 날카로운 바람의 부리가 사정없이 온몸을 쪼아댄다.

　　시를 쓰는 일이 버겁다. 시를 쓰는 일에만 전념해도 좋은 시 한편 나오기 어려운데 이 일 저 일 기웃거려서인가. 아니 시적 재질이 아주 부족해서 그런지도 모른다.

　　보다 승화된 시를 써야겠다는 욕망은 끝없지만, 한편 그런 마음을 비워버리는 것도 한 방법은 아닐까 하는 생각을 가져보기도 한다. 무욕의 마음이 물방울들을 빛나게 하리라.

　　사람들의 삶이 힘들지 않았으면 좋겠다. 아니 힘들어도 든든히 이겨나갈 수 있었으면 좋겠다. 생장을 거듭하는 나무들과 벼락 맞고도 천년을 버텨내는 저 나무처럼.

　　마지막으로 이 시집을 내는데 도움을 주신 여러분들께 진심으로 따뜻한 마음을 전한다.

2005년 2월

김 광 렬

차 례

1부

가르침

무섭다 나뭇잎들이
저리 소리 없이 지고 있으니
나는 너무나
많은 말들을 주절거리는데
바다 속 같은
연꽃 같은
저 깊은 무언의 가르침
무욕의 눈빛
그게 온통 나를 찔러
파르르
작둣날 위 선 것 같다

종소리

어디론가 떠나기 위해 종을 칩니다
가 닿는 곳이 목적지입니다
먼 곳에 이르렀다고 먼 곳이 아니고
가까운 곳이라 하여 가까운 곳이 아닙니다
마음 머무는 곳이 그리운 곳입니다
먼 욕심만으로 볼 때는
가까운 곳이 마음에 차지 않겠지만
욕심을 버리면 어디든 정다운 땅입니다
먼 곳도 가까운 곳도 다 쓸데없는 개념입니다
나는 이곳까지 와서 여기에 서 있습니다
아무런 파장도 없이 이곳에 닿았을 거라고
호사가들은 입방아 찧기도 하겠지만
그러나 내 등뒤로는 아득히
수상한 바람이 불고 꽃이 피었다지고
눈비 모질게 귓불을 후벼파기도 했습니다
나는 소리 없는 소리되어
비로소 여기에 이르렀습니다
내 씨앗을 이 자리에 툭 던져 놓겠습니다

자라나서 욕심 없는 사람들 마을로
갔으면 좋겠습니다 희디흰 속살 빚으며
살아가는 사람들 곁으로 다가가
큰 울림으로 한번
부르르 몸 떨었으면 좋겠습니다

어떤 생애

풀잎 속에 저렇게 수많은 눈들이 박혀 반짝이는 줄
몰랐다
헤아릴 수 없는 작은 짐승들이 물방울 같은 동공들
을 뜨고 있다
바스러져 버릴 것 같아 나는 불현듯 멈춰서고 만다
저 앙증맞은 생명들이 내 발길에 스러지고 마는 일
처럼
가슴 저릿한 일은 없다

그러나 나는 이미 많은 어린 생명들을 짓밟아 버렸다
뉘우침은 짧고 잘못을 저지를 날들은 많다
그렇게 살아간다

여울

너무 서둘러 왔다는 듯 바위틈에서 물줄기는
한번 몸을 뒤튼다 産苦를 겪는 사람처럼 물줄기는
한번 크게 아파하고 싶은 거다
꽃은 꽃을 피워내어 그 아름다움의 절정을 이루듯
온갖 자태로 진초록 하얀 꽃을 피워내는 물줄기의
모습은
그 아름다움이 극한에 이르렀을 때
우지끈 새로운 정신을 낳아버리고 싶은 거다
그리하여 뒤틀리며 소용돌이치며
저렇게 된통 앓아버리는 거다
먼바다에 닿기 전 한번쯤은 자신의 삶에 대해
깊게 고뇌하고 싶은 거다

폐가

쇠별꽃 피었다 마당 한쪽에
은방울꽃 소담스럽다
둥둥 小鼓 소리
종소리 들린다
귀 열지 않아도
마음으로부터 울리는
소리 없는 쟁쟁한 소리,
서까래는 간신히
떨어져 내리는 흙더미를
위태위태하게 붙들고
외양간에 버려진
텔레비전과 냉장고는
녹스는 일조차 힘겹다
사람들은 모두 어디로 갔는가?
늘 바라보는 사람 없어도
뒤뜰 한 아름 동백나무는
오늘도 어김없이
붉은 꽃 피운다 진다

지나다 들른 나그네
빈집보다 더 적막하다

는개 내리는 날 숲 속 풍경

는개 내리는 날 숲 속
단풍나무 가지에 물방울 꽃 핀다
나무 흔들어대면
종소리 내며 무수히
땅바닥으로 떨어져 내릴 것 같다
순금의 모습 다시 볼 수 없을 것 같아
흔들어댈까말까 고민하는 사이
가지에 앉아있던 새 솟구치며
종소리 일제히 울려대기 시작한다
이 세상에 맑은 정신을 가진 것들
떨어지고 난 뒤에 맑은 울림으로 남는다
순금의 추억보다
번쩍 정신 들게 하는 그 깨어짐이
오히려 황홀하여 미치겠다

대나무 꽃

오랜
세월 세월을 갈아
예쁘지도 않은 꽃

단 한번 피워
스스로를 죽이는 대나무

아 나도 詩의 칼날 갈아
섬뜩한 꽃 한번 피웠으면

칠흑 같은 밤
새하얗게 떨며

풀잎들의 부리

새벽이면 풀잎들은 세상에서 가장 영롱한 이슬들을
쪼아먹는다
언제 날카롭고 뾰족한 부리를 키웠는지 그저 신기하다
내가 푸근히 잠자는 사이 맑은 영혼 마시기 위해
풀잎들은 가슴에 등불 밝혀 밤을 새웠던 것이다
새벽 이슬을 쪼아먹는 풀잎들의 부리가 눈부시도록
환하다

마음이 세상을 꽃피운다

나를 미워하기 시작하자
네가 끝없이 미워졌다
나를 사랑하기 시작하자
네가 한없이 사랑스러워졌다
너를 미워하기 시작하자
내 마음에 가시가 돋아났다
너를 사랑하기 시작하자
내 마음에 꽃이 피어났다
가시에 찔려 너는 허덕인다
꽃이 너를 아름답게 물들인다
내 마음은 늘 이렇게
끝과 끝을 오간다
늘 나를 사랑하는 마음을
늘 너를 사랑하는 마음을
나는 가질 수 없는 것인가
내가 나를 사랑하자
세상이 세상을 사랑하기 시작했다

대궁

꽃대궁이 저리도 무참히 꺾이기도 하는가
늦은 오후 햇살 카랑카랑한 들길
자기 흔적 남기고 싶은 어느 한 사람이
아니면 너무나 무심한 한 사람이
툭 꺾어버린 칸나 꽃대궁
여름날의 슬픔은 길고 길어
땅바닥에 긴 그림자를 끌고
어느덧 겨울의 손끝에 닿아
하얀 서리 내리고
눈보라 까맣게 몰아쳐
앙상한 뼈대만 남도록
누가 저 아픔을 알기나 할까

풀잎 꿈

고래 떼가 백사장으로 물밀려와 하얗게 죽었다
生을 다한 대나무들은 눈썹 새하얀 꽃 피우며
집단적으로 죽어간다 한다
오염된 강줄기 따라 연어들도 더 이상 회귀의 꿈을
거둬버린다
세상이 막막해져 갈수록 사람들은 풀잎 꿈을 꾸지
않는다
생각할 틈도 주지 않고 돌아가는 기계,
언덕 비탈길을 느릿느릿 걸어가다가 불현듯 나는 멈
춰서 버렸다
내 느림의 주파수에 이상이 오기 시작한 것은 어제
오늘 일이 아니다
주파수를 바꾸기에 세상은 너무 멀찍이 가 버렸다

바위연꽃

바닷가 산등성이
바위연꽃이라 이름 불리는 풀꽃
벗과 함께 즐거운 길 산책하다
너 바위연꽃 하고 이름 부르자
반갑다는 듯 사르르 몸을 떱니다
그것이 바위연꽃의 마음이겠지요
나도 누군가 등뒤에서
다정하게 내 이름을 불러주면
사르르 몸 떨고 말겠습니다

境界

아파트와 아파트 사이 울타리를 트니
길이 된다
가로질러 가기 위해
어른도 아이도 울타리를 뛰어넘었다
처음엔 도둑고양이 같았겠지
거듭할수록 죄의식은 사라졌겠지만
여전히 마음 한구석은 불편했을 거다
즐겁게 걸어오고 가는 모습이
내 아파트에서는 보인다
마음까지 들여다보인다
바라보는 내 마음 홀가분하듯
가벼운 걸음걸이
사람 살아가는 일이 이곳에서는 느껴진다
건물과 건물 사이 경계 없어지고
마음과 마음 사이 경계 지워지고
한동안은 불안했고 의심됐었다
물건을 훔치러 오는 것은 아닌가
비밀을 엿보러 오는 것은 아닌가

그러나 아무 일 없다
한낱 기우에 지나지 않았다
아 얼마나 좋은가 사람들이 모두
훌훌 자유롭게 와서 자유롭게 떠난다

聖者

완도 어물시장 좌판에 내가 먹었던 민어가
파들파들 살점 떨고 있다

죽은 이들이 죽지 않고
살아 더 힘차게 세상을 헤엄치고 있다

나도 죽어 죽지 않고
이 세상을 유영할 수 있다면

완도 어물시장 좌판에 대담하게 누우리라
먹혀 다시 태어나리라

벼랑 끝에 서서

밟고 와 버렸습니다
누군가 땅바닥에 마구 흩으려 놓은
붉은 장미꽃잎
누군가의 기쁨일지 모르는
누군가의 슬픔일지 모르는
꽃잎 꽃잎들
지나고 난 뒤에야 알았습니다
밟아서는 안 되는 것을
밟고 말았다는 생각
결코 밟아서는 안 되는 것을,
목적지만을 향해 가다 보면
때로 삶이 참담하기만 합니다
밟고 와 버렸습니다
누군가의 기쁨이 되지 못하고
아무런 희망이 되지 못하고
나도 모르는 사이에
먼 길 와버렸습니다
그대 등 한번 두드리지 못하고

그대 언 손 따뜻하게 잡아주지 못하고
혼자 도망치듯
그대 등 타고 와 버렸습니다

슬픈 기록

벤치에 누워있던 한 사내가 주워 든 것은
나뭇잎 한 장
집이 없는 사내,
하늘이 지붕이고
땅이 방바닥인 공원 벤치에서
사내가 덮고 자는 것은
싸늘한 추위와 밤이슬 몇 잎
사내는 낙엽을 주워
싸늘한 추위와 밤이슬로
슬픈 삶을 쓴다
새벽길을 걸어가다가 내가 주워든 것은
새우잠 자는 사내의 삶
내 나뭇잎에는
슬픈 기록이 없다
부끄럽게도
사내가 대신 나의 삶을 쓴다

슬픈 노래

하느님 나는
쓸모 없는 가죽자루입니다
정신이 먼저 노쇠해 버린
마구간 늙은 노새입니다
오늘 나는 누군가로부터
참으로 힘겨운 사람이라는
뼈아픈 소리를 들었습니다
하느님, 허약하기 이를 데 없는
내 이 몇 점 씁쓸한 삶을
차라리 푸줏간에다
팔아버리십시오
조각조각 찢겨
탱탱한 정신으로 다시
태어나겠습니다

가을 속에서

가을 속에 점점 깊어 가는 산 그림자를 보아라
거기 잠시 닻을 내린 내 마음을 보아라
정박하여 한때 고요를 배우는 배처럼 머물러
산 그림자와 나 길게 한 몸 뉘이고 싶나니
푹 파묻혀 깊은 생각에 잠기고 싶나니
삶도 가다 나무 그늘 아래 버거운 짐을 내려
골짜기에 내리는 어둠처럼 캄캄해지고 싶나니
침묵의 끝을 보고 싶나니
모든 굴레 벗어 던져
비로소 마음 여는 청정한 빛 한 조각
먼바다로 떠나고 싶나니

2부

가을날

저기 바람이 떠나갑니다 어딘가에
사무치게 그리운 이가 있어서겠지요
저기 새가 떠나갑니다 어딘가에
뼈저리게 적막한 세상이 있어서겠지요
저기 나뭇잎이 떠나갑니다 어딘가에
소생을 기다리는 자그마한 눈빛들이
까만 속 태우고 있어서겠지요
저기 빛이 떠나갑니다
가서 마침내는 어둡고 추운 것들을
으스러져라 껴안고 말겠지요

내 마음 추울 때 언젠가
그것들은 다시 돌아오리라는 것을 압니다

바람의 손끝에서 꺼낸 것은

바람의 손끝에서 꺼낸 것은 나뭇잎

나뭇잎의 손끝에서 꺼낸 것은 추락

추락의 손끝에서 꺼낸 것은 상처

상처의 손끝에서 꺼낸 것은 비애

비애의 손끝에서 꺼낸 것은 눈물

눈물의 손끝에서 꺼낸 것은 별

별의 손끝에서 꺼낸 것은

세상에서 가장 반짝이는

삶 하나

선흘리 후박나무

불타버린 반쪽 밑동 사이로
힘겹게 새 희망을 차올렸다

희망 앞에서 절망은
날개 잃은 새,

죽음을 용납하지 않는다
선흘리 후박나무

팽팽한 긴장을 늦추지 않고
살기 위해 부르르 몸 떨었다

아픈 상처 밀어내고
또 밀어내었다 오랜 세월

철철철 고름이 흐르고,
고름이 새 생명을 키웠다

상처 입고도 쓰러지지 않는 법을
선흘리 후박나무에게서

나는 배우고 돌아온다

내 썩은 밑동에서 새순이 돋는다

상가리 팽나무에게

나도 그대처럼 한 천년 웅크려 있게 해다오
당당히 서 있지 않게 해다오
옹이 박힌 모습으로
고통으로 일그러진 모습으로 살게 해다오
내 생활 너무 편하여 어느새 나는
삶을 모르는 사람이 되어버렸다
눈비에 떨게 해다오 마음까지 온통 얼어붙어
돌멩이로 내려치면 빠드득
아픈 소리내며 깨어나게 해다오
진정 마음 깊은 곳으로부터
깨어나는 소리 듣게 해다오
별빛 내리는 어둠 속에서
별빛 비수 되어 나를 찌르게 해다오
가슴 조각조각 찢겨
눈뜨게 해다오 상가리 팽나무여
그대 홀로 힘든 세월 버텨왔구나
나는 따뜻한 이불 속에서 침묵 지키는 사이
그대는 앉은뱅이 되어 둥둥 북 울렸구나

그대 곁에 나도 앉은뱅이로 있게 해다오
둥둥 북 울리게 해다오
영혼이 박힌 사람이 되게 해다오

버짐나무를 바라보며

나도 버짐나무처럼
허물을 벗고 싶다
마음 깊숙이 감춰져 보이지 않은
허물딱지들 벗겨내고 또 벗겨내면
드러나는 연초록 푸르스름한 실핏줄들,
그 실핏줄을 갖고 싶다
그 푸르스름한 실핏줄들은
과연 어디서 생겨난 것일까
늘 깨끗함을 지니고자 하는
흰 뼈 같은 맑은 정신 바로
거기에서 오는 것은 아닐까
나도 버짐나무처럼
몸에 난 마음에 난
허물딱지들을 벗겨내고 싶다
가시광선 같은 투명한 정신 하나
끙, 힘주어 낳으면 거기
푸르스름한 실핏줄들이 기다렸다는 듯
한꺼번에 우, 터져 나온다

겨울에

겨울이다 발가벗어야겠다
눈이 차가운 줄만 알았지
옷을 입으면 그 무엇보다도 따뜻해진다
옷이면서 살, 살이면서 옷인
눈을 입으면
나는 영락없이 눈꽃 핀 나무가 된다
밖으로 나가야겠다
따뜻함이 오히려 송곳으로 나를 찌른다
나를 나태하게 하는 저 따뜻함
나를 위태롭게 하는 저 나른함
이부자리로 기어들다 보면
무엇이 보이나 어떤 세상이 열리나
이불 속에 따뜻한 꿈 보이기나 하나
축 늘어져 정신이 썩기 전에
광장이나 들판에 서야 한다
가지를 키우고 잎을 피워내고
단단히 뿌리를 내려야 한다 춥다고
구들장을 지킬 수만은 없다

이 겨울 살갗 찢겨 등 터져
산등성이 넘는 얼어붙은 것들과 더불어
나도 힘든 계절을 이겨내야만 한다

매화

매화가 화가의 가슴에 무늬 져
화폭으로 스미면
매화는 화가가 된다

매화가 시인의 가슴에 꽃망울 져
원고지로 스미면
매화는 또한 시인이 된다

매화가 병든 아이의 가슴에 닿아
아픔을 씻어내면
매화는 아이의 오랜 꿈이 된다

매화가 혹독한 시절을 이겨내
비로소 꽃으로 피어나면
우리는 모두 매화 그늘 아래서

매화가 된다
미소가 된다
가슴에 차 오르는 밀물이 된다

칼국수에게

칼을 뽑지 않는다
칼을 뽑을 듯,
칼자루만 쥐고서 흔든다
칼을 뽑아 보여다오
징징징 울어대는
칼날을,
끝내 뽑지 않는다
어디 숨겨두었는지
팅팅 자기 몸만 부풀린다
그러다 적에게
먹히고 만다
옹골차게
칼 한번 뽑아보지 못하고서
칼자루만 흔든다
사라져버린다
칼국수는 서러운 민족이다

유령거미

거미줄에 대롱대롱 매달려 시계추처럼 흔들리는 모습이
흡사 날개 같다

유령거미는 날개가 없기에 날개처럼 퍼덕이면서
날아가는 것들을 유혹하고 있는지 모른다

우리가 달콤한 말로 상대방을 현혹시키듯
유령거미에게도 그런 위장된 삶의 방법이 있는 모양이다

아 나비 한 마리 제 벗인 줄 알고 가까이 다가갔다가
철커덕 유령거미의 사슬에 걸려들고 만다

나 역시 은밀히
그런 찰나를 노려왔다

그렇지 않으면 살아가는 다른 지혜는 없는가
유령거미는 다시 거미줄에 매달려 시계추처럼 흔들
린다

붕어빵

붕어빵에 새살이 돋아 정작 붕어가 된다면
아무도 붕어빵을 사먹지 않을 거다
그 누구도 억지로 붕어의 입을 벌려
꾸역꾸역 단팥을 집어넣지도 않을 거다
만일 그랬다가는 붕어가 먼저 질겁하리라
단팥 먹는 붕어가 다 있느냐며
사람들은 신기해 하다가 흩어져 버리리라
붕어빵에 새살이 돋지 않아
붕어빵을 먹는 우리의 입은 참 행복하다
추운 날 갓 구워낸 뜨끈한 붕어빵을 먹는
거리의 풍경이 나는 너무나 좋아라
가난한 사람도 조금만 마음을 기울이면
동동 발 굴리며 더운 입김을 쏘아붙이며
그 자리에서 먹거나 사들고 가거나,
아 기다림으로 가슴 벙긋거리는
가족들을 위하여 한 봉지 사든 사람이여
그 사람의 모습 너무나 아름다워라
나도 또한 그렇게 붕어빵을 사든다

소의 순한 눈망울을 닮아

소의 순한 눈망울을 닮아
외양간은 참으로 포근하다

소의 순한 눈망울을 닮아
主人의 눈빛은 참 따뜻하다

소의 순한 눈망울을 닮아
눈도 깨금발소리를 내며 온다

소의 순한 눈망울을 닮아
소의 콧김도 모락모락 정겹다

지렁이에게

헤아릴 수 없이 수많은 검붉은 진딧물들이

지렁이 한 마리를 먹어치우고 있다

먹고 먹히는 모습이

차라리 맨드라미꽃처럼 아름답다

나도 누군가를 저렇게 왕성하게 먹어치워 왔으니

언젠가 나도 저처럼 황홀하게 먹히리라

마지막 살점 한 점까지 다 내주리라

상어

상어는 부레가 없다
간이 내장의 25%를 차지한다
물보다도 가볍다는 간.
간이 상어의 기관실이다

시인이자 델코밧데리 제주총판 주인인
문영종씨는 배의 기관실에서 일했다
외항선 타며
바다를 꿈꾸며
상어처럼 보낸 젊은 세월

간혹 집에 놀러 가면
밧데리 팔랴 시 걱정하랴
눈코 뜰 새 없다
이제 그는 바다 상어가 아니다

그에게도 25%의 간이 있어
물보다 훨씬 무거운

시 걱정 자식 걱정에서 벗어나지 못하는 生이
시퍼런 바다가 되어 출렁인다

3부

막다른 골목

막다른 골목이 나를 집어삼킨다
말하자면 막다른 골목이 나를 지배한다
그런 의식에서 벗어나지 못한다
창유리에 갇힌 새처럼 출구를 찾지 못해 허덕인다
어디에 있는가 빛나는 초록 세상
막다른 골목은 막다른 골목일 뿐이므로
보여주지 않는다
사람들은 마음을 비우라고 한다
마음을 비우면 다 보여 세상이 너의 모습이
선하게 다가온다
성자의 미소 같은 세상
그러나 그런 세상이 나에겐 보이지 않는다
추한 흉상만이 서 있을 뿐이다
그걸 주머니에 집어넣자 주머니 안이 더욱 캄캄해진다
도대체 따뜻한 불빛은 어디서부터 새어나는가
아무도 대답하지 않는다
아직도 내가
헛된 욕망에서 벗어나지 못했기 때문이다

그대는 살아 있다

그대 눈은 살아 있다
그대 집 안방에 툇마루에
마당 한쪽에 소담스레 자라나는
봉숭아 채송화 수국 그런 꽃들 속에
막 비상하는 새들 날갯짓 속에
풀잎 속에 돌멩이 속에
잘 여문 보리 이삭 속에
그대 눈은 살아 번뜩이고 있다

그대 귀는 살아 있다
바람이 흔들어놓고 가는 억새풀 속에
뒤뜰 대나무 푸른 잎사귀들 속에
파도 속에 한숨 속에
여물을 입안에 궁굴리다
게으른 하품하는 소 울음소리 속에
석양녘 개 짖는 소리 속에

그대는 살아 있다

화해와 용서와 평화와
공존의 눈짓으로 몸짓으로
사월이면 그대는 살아
우리 곁으로 온다
더 이상의 싸움은 부질없는 것임을
말하려는 듯 안타깝게
입 벙긋거리며 검정 고무신 끌며

살아가기 위해

철탑 고압선에 몇몇 사람이 올라가 있다
감전될 것을 안다면 올라가지 않았으리라
오히려 불안한 것은 밑에서 바라보는 사람이다
내가 거기에 서 있는 것처럼
온몸에 찌르르 전류가 흐른다

군대에서 외줄 탈 때
밑을 보지 않기 위해 안간힘 하던 일이 떠오른다
낭떠러지는 아득하고 뾰족했다
팽팽해져 터져 버릴 것 같은 자신을 다독이며
간신히 목표점에 당도했다
느림보라는 조교의 욕설이
벌레처럼 나를 오그라들게 했다

만에 하나 감전될 수 있으리라는 것을 알면서도
그들은 올라갔으리라
감전된다는 것은 어떤 것일까
이전의 내가 아닌 다른 사람이 되어버린다는 뜻

이 세상과 결별한다는 뜻일 게다

아버지가 되기 위해
남편이 되기 위해
살아가기 위해
몇몇 사람이 철탑 고압선에 매달려 있다
그들의 따뜻한 손길이 닿으면
어느 집에선가 반짝 그리운 불이 켜진다

빈손

나무 꼭대기에 다다른 성충들은
자기가 밟고 간
성충들의 행방을 모르리
지금 下官을 서두르고 있는 내 친구,
언젠가 그의 이야기를 들어 나는 알고 있지
수많은 경쟁자들을 물리치며 가게 하나 차리고는
개점 축하 작은 잔치 벌이고 빗길 돌아오다
교통사고 참변 당한 것을
본디 가진 것 없이 빈손으로 와서
이제 비로소 더 많은 것을 가지려는 찰나
결국 너는 그 많은 것들을 버리고 간다
흙을 떠 넣고 무덤을 꽝꽝 밟으면서
어떤 알지 못할 슬픔이 차 오른다
나무 꼭대기에 자리를 튼 성충들은
언젠가는 버리고 가야한다는
사실도 모르는 채
늦은 봄의 큰 꿈에 부풀어 있다

그대에게 보내는 詩

내 마음 한 조각 베어내어 그대에게 보냅니다

혹 그대 손에 닿지 못하거나

겨우 닿아 크게 실망할지라도 너그럽게 용서하십시오

아니 더 단단히 채찍질해 주십시오

아픔이 클수록 더 몸부림치면서

두터운 땅 비집고 얼굴 내미는 여린 싹처럼

나도 그렇게 자라나고 싶으니까요

들녘을 미치게 헤매 다니는 바람처럼 까마귀처럼

미친 발길에 나를 내맡겨 보지만

아무래도 나는 바람이 이르는 곳에 가 닿지 못합니다

나의 노래는 눈 어둡고 귀 멀어

아무런 아픔도 슬픔도 냄새 맞거나 보지 못합니다

내 마음 지금 어둠으로 꽉 차 있습니다

세상이 암흑을 향하여 치닫는 것처럼

정답던 사람들 표정이 느닷없이 흉흉해지는 것처럼

내 마음 지금 알 수 없는 그 무엇으로 하여

침울하기만 합니다 그러나 겨우 용기를 내어

내 마음의 한 조각을 싹둑 베어냅니다

무수히 망설이다가 그대에게 띄웁니다
그대 내 마음 한 조각 받아들 때쯤이면
나는 너무나 부끄러워 나뭇잎 한 조각으로
나의 부끄러운 어딘가를 슬며시 가리고 말 것입니다
그 나뭇잎 말라붙을 대로 말라붙어
그 자리에 새 나뭇잎 초록 싱그러움으로 물들 때까지
나를 혹독하게 내려쳐 주십시오

대화

자네 언제 한번 용광로처럼 뜨거운 가슴 가져 본 적
있느냐고
당신은 힐책하듯 묻고
나는 속으로 과연 그런 적 없는 것 같다며 침묵이나
지키고
자네 시와 자네는 정 반대라고 거듭 당신은 나를 닦
아세우고
나는 내가 왜 그런 시를 쓰는지 모르겠다며
변명 아닌 변명이나 하고
앞으로 그런 위선적인 시 쓰지 말라고 단호하게
당신은 잘라 말하고
어떻게 저렇게 극단적인 말까지 할 수 있나?
하며 나는 기막혀 말도 잇지 못하고
속이 쓰리다 못해 허탈하기까지 한
좋아 나도 가슴 깊은 곳으로부터 우러나오는
좋은 시 한편 써 당신의 코를 납작하게 만들고 말겠어
하는 생각과 아, 이제 더 이상 시 쓰고 싶지 않아 하는
생각 사이를 오가게 만들던 어느 날 둘만의 대화

따뜻한 편지

응달진 양지에 앉아 눈썹이 새하얘지도록 편지를 쓴다
사는 일이 너무나 아득해서 그대를 잊었노라고
구르는 낙엽에 새긴다
그대도 편지 받고 나처럼 오래오래 잊어도 섭섭지
않으리라
먼 훗날 기억나 나처럼 햇살 넘실대는 풀잎에 기대어
평생 잊지 못할 긴 편지 써주면
내 저 세상 간 뒤일지라도
앞발뒷발 다투며 그대에게 가 따뜻한 응달이 되리라

봄 산등성이에서

봄 산등성이에는 피뿌리꽃 빨갛게 피어 있습니다 쫓
기던 누가 이 산등성이에 이르러 쓰러졌는지 모릅니다
따뜻한 봄 햇살 속 아직도 남아 있는 찬 기운이 피뿌리
꽃 쿡쿡 찌릅니다 마음이 춥다는 표시일까요 한순간
움찔하더니 이내 부르르 몸 떠는 모습이 단순한, 그저
단순한 죽음은 아닌 것 같습니다 옛날 마을에서는 살
수 없는 한 사내 쫓기고 쫓기어 이곳에 다다라 결국은
목숨 끊고 그 원통한 恨 저리도 애달파 빨간 꽃으로 피
어나고만 거겠지요 입 열고 싶어 빨갛게 빨갛게 흔들
리는 거겠지요 피뿌리꽃 바라보며 가만히 생각에 잠기
던 내 눈 속으로 슬픈 한 사내의 영상이 가득 번져 옵
니다

붉은 피가 참 따뜻하다

헌혈을 하고 나온 아이 얼굴이 환하다
나는 헌혈을 할 엄두도 내지 못한다
내 더러운 피
어떤 싱그러운 피에 섞일까
그게 두려워서이다
아이의 환한 얼굴은
환한 마음의 표현이다
나도 그런 삶 살았더라면
하고 후회막급이다
붉은 피가 참 따뜻하다
그 아이 얼굴 속에
다른 한 생명이 맑게 꽃 피는 소리를 듣는다

4부

고구마에 대한 기억

고구마줄기를 걷어채면 고구마들이 줄줄이 달려 올
라왔다
아버지는 우리 식구들처럼 많이도 달렸다며
함박웃음을 지었다
고구마줄기를 걷는 게 싫증나면 우리는
고구마줄기 사이에 갓 캐낸 고구마를 묻어놓고
고구마를 구웠다 연기가 매캐했다 이 순간은
일 빨리 하라고 독촉하던 아버지도 다가와
불 잘 피지 않는 고구마줄기를 막대기로 연신 휘저
으며
우리를 도왔다 무뚝뚝하기 짝이 없던 아버지의 등이
그렇게 따뜻해 보였던 적은 그리 많지 않다
어느덧 아버지의 얼굴에서 빨갛게 불이 달아오르기
시작했다 고구마 익는 구수한 냄새가 가을 하늘을
깊게 물들였다 어떤 것은 알맞게 또 어떤 것은
아버지의 얼굴처럼 까맣게 탔다 뜨거워
이리저리 굴리며 껍질을 벗겨냈을 때
드러난 그 뽀얀 살결을 나는 마음껏 탐닉해도 좋았다

내 입 언저리가 까매진 것을 안 것은 역시 까매진
누이의 입 언저리 때문이었다 입 언저리가 까매졌다고
놀리던 나를 누이가 또한 놀려대었을 때
비로소 나는 내 입 언저리도 까매진 것을 알았다
아버지는 어느새 일터로 돌아가 있었고
먹는 재미에 빠진 우리를 흐뭇한 마음으로 바라보고
있을 것이라는 것을 나는 누구보다도 잘 알고 있었다
숲이든 밭이든 들이든 머루 같은 가을이 무르익어
가고 있었다

낡은 구두

낡은 구두가 내 벗이다
어쩐지 거북스러워 빨리 닳기를 기다린다
마음은 닳아가도 구두는 서두르지 않는다
천천히 낡아간다
그래서 일부러 구두를 닦지 않는다
번쩍번쩍 광나는 구두가 나는 싫다
비로소 낡은 구두는 나를 편안하게 한다
낡은 구두와 함께 걷는다
케케묵은 의상 걸치고 먼 길 걷는 수도승처럼
낡은 구두는 기나긴 묵상을 즐긴다
명멸하는 불빛 속을 빠져나와
어둠침침한 뒷골목을 걷는다
사람들 이목을 건드리지 않아도 되는
낡은 구두 낡은 눈길이 포근해서 좋다
때로는 한적한 시골길을 걷기도 한다
구르는 낡은 가랑잎이
뽀얀 흙먼지가
구두에 켜켜이 눌러앉은 근시안 같은 세월이

무엇보다도 번쩍거리지 않는 사랑이
나와 함께 있어서 마음 든든하다

내 손금 사이로

내가 바라보는 손금 사이로
꽃이 진다
나뭇잎 지고
새들이 떠난다
사나운 바람이 몰아치다 가기도 한다
언젠가 내게도 봄이 오면 내 손금엔
꽃이 피고
나뭇잎 무성하고
새들이 돌아오고
부드러운 바람이 일렁일 것이다
그것이 내 삶이다
이 어둠 조금씩 몰아내며
나는 기다려야 한다
저무는 거리나
바람 부는 들판에 서서
내 손금 사이로 동터올 빛살을
목 길게 늘여
기다려야 한다 아니
찾아 떠나야 한다

늙은 가구

내 몸에서도 어느덧 삐걱거리는 소리 난다
가구를 여닫을 때 나는 소리와 같다
새것으로 교체하자는 아내의 말을 들었을 때
그것이 마치 나를 바꿔버리겠다는 소리처럼 들려
순간 속이 미욱해지다가
솟구치는 화를 간신히 참았던 기억이 난다
방안의 가구가 나를 닮아버렸다
언젠가 한번 수리공을 불러 손질한 적이 있지만
그리하여 지금은 조심스럽게 제법 쓸 만은 하지만
언제 다시 잘못될까봐 조바심 난다
폐물이 될지도 모른다
그러면 사람들은 말하겠지 그 녀석
땔감으로 아주 안성맞춤이군 불은 활활 타올라
그 사람들 언 몸을 따뜻하게 녹여주리라
그렇지 않으면 어디 야적장 같은 곳에
오랜 시간 쥐 죽은 듯 납작하게 엎드린 채
추적추적 내리는 눈비에 젖다가
썩을 대로 썩어 티끌로나 날리겠지,

가구를 버리는 일은 마치 나를 버리는 것 같아
도저히 용기가 나지 않는다
가구와 내 처지가 같다고 느끼기에
나도 버려져 알 수 없는 곳을 방황하다가
송곳 같은 세상 인심에 부르르 몸 떨며
사라져갈지 모르기에
삐거덕거리는 가구를 끝내 버리지 못한다

솜사탕과 머리칼, 혹은 중년

아이 뒤를 따라 젊은 부부가 솜사탕을 먹으며 가고
있다
달콤하게 단장한 흰 머리칼을 먹는 것 같다
그들의 머리칼은 어느덧 세월의 흐름과 함께 희어져
갈 것이다
나도 오래 전 그들처럼 아이를 앞세우고 가며
솜사탕을 먹던 기억이 난다 그들이 지금 먹고 있는
솜사탕이 그들의 머리로 가 언젠가 흰 머리칼이 되듯
나는 그들보다 훨씬 앞질러 반백 가까이로 다가가고
있는 것이다
정말 그 솜사탕을 사먹지 말 것을
한순간 먹어버린 그 달콤한 솜사탕이
나에게서 조금씩 검은머리를 앗아가 버린다
다시 되돌리러 가도 솜사탕주인은
세월 따라 물 흐르듯 분수대로 살아가라고
제법 점잖게 타이르며 전혀 바꿔줄 기색조차 않을
것이다

아버지

달이 휘영청 밝습니다
오늘 따라 당신 생각이 간절합니다
못 견디게 가슴 파고들어
아버지 아버지라고 나도 모르게 나직이 불러봅니다
병과 싸우던 노후의 모습이 떠오릅니다
다 필요 없다고 지팡이 휘두르며
당신은 외쳐댔습니다
그것이 병과의 싸움인 줄은 모르고
이 세상 정을 끊기 위한
마지막 몸부림인 줄은 모르고
아 너무나 한심했습니다
지금 나는 몸둘 바를 모르겠습니다
아버지, 어리석은 저는
이제야 깨우칩니다
그것이 삶이라는 것을
천근 사랑이라는 것을
다소곳한 것만이 사랑이 아니라는 것을
깊은 사랑은 가슴속에 소리 없이 자라나다가

가슴 치밀어 터져 나기도 한다는 것을
오늘은 달이 휘영청 밝습니다
아버지 저 푸른 달이 바로 당신입니다

송진냄새

송진냄새 흐르는 밤이다
아버지와 함께 자르던 소나무 송진냄새
어떤 잎사귀 냄새도 청머루 익어 가는 냄새도
가을이 타들어 가는 냄새도 나지 않았다
아버지 몸에도 내 몸에도 담뱃진처럼 배어
머리가 어지러웠다
이제 아버지 돌아가셔서 안 계시지만
그 날의 송진냄새 지금 자욱하다
소나무로 만든 앉은뱅이 책상 앞에 앉으면
솔솔 풍겨나다 방안을 가득 채워버리는
송진냄새 킁킁 아버지 냄새
너에게 앉은뱅이 책상 하나 만들어주마
저녁 어스름 발 종종거리며 톱밥은 날리고
옹이는 상어 이빨 같은 톱날 물고
못 견디게 흔들어대기도 했지만
앉은뱅이 책상 앞에 앉아 있으면
그리운 아버지 솔솔 송진냄새 타고 내린다

내 눈물

내 눈물 차디찬
가을 밤 비되어
그대 집 처마 끝
대롱대롱 매달렸다가
그대 무슨 생각 젖어
잠시 뜰에 내릴 때
뚝 그대 머리 위 떨어져
한 가닥 물줄기로 흐르다
그대 가슴에 닿으면
깊이 스며들고 말리라

어머니 불씨

장작개비 불씨를 피워내야겠다
아무리 재를 들춰내어도
아무런 불씨 보이지 않는
내 팍팍한 가슴에 그래,
어머니 불씨를 피워내야겠다
그 옛날 성냥이 귀하던 시절
수북히 쌓인 재를 들춰내면
온밤을 위태위태하게 지새웠을
벌겋게 충혈된 작은 불씨 하나
얼마나 고마운지 온 새벽을
어머니는 눈물을 글썽였다
불씨 꺼지면 따가운 눈총 받으며
불씨 얻으러 가야 했던 시절
나는 어머니가 소박맞으면
어떻게 하나 사뭇 걱정되었다
잿더미에 묻어두었던
이제 나에게는 꺼져 없는
그 따뜻한 어머니 불씨를
기어코 피워내야 하겠다

오뇌의 시간

비도 긴 오뇌의 시간을 보낸 뒤
내리는가
하늘이 어둑어둑해지고 먹장구름이 밀려오고
바람이 흙먼지를 허공으로 감아 올리면서
비가 내리려는 찰나
나는 거실에 앉아
유리창과 유리창 사이
끼어 무섭게 날갯짓 해대는
나비 한 마리를 물끄러미 바라보다가
저놈을 살려보내야겠다고 마음먹고
다가가 간신히 날려보낼 때
우르릉 쾅쾅 번쩍거리면서
드디어 비 퍼붓기 시작한다
아 오뇌의 시간
나를 내려치는 저 빗소리
천둥소리 번쩍이는 번개불빛
나는 점점 작아지고 콩알만해져서
아주 땅콩 껍질 속에 갇혀버린다

나를 꺼내 줄 사람은
나인가 다른 누구인가

원시인의 집에서 하룻밤 머문다

원시인의 집에서 하룻밤 머문다
눈보라 치는 날 먼 길 걷다가
지친 몸 이끌고 마을로 들어서서
화톳불보다도 더 따뜻한 마음의 불을 쬔다
붉은 잿더미 속에는 생선이나 고구마가
기분 좋게 타들어 가는 냄새
손짓발짓 섞인 무언의 대화로 눈빛으로
마음을 읽어가다 보면 보인다
훈훈한 입김 속에 창밖엔 끝없이 눈은 내리고 내려
이제 모든 문명은 끊기고
나는 내일 꼭두새벽 턱없이 서둘러
집을 나서지 않아도 된다
늘 耳鳴에 시달리며
기계와 기계 소리 사이로
틈입하지 않아도 된다
마음에도 눈 내리는 소리 들으며
밤새워 생각에 잠기면
원시인의 집은 시꺼먼 그을음 속에

어머니처럼 앉아 있다
먼 옛날의 그리움으로 나를 꼭 보듬고 있다

어머니

또 헛것이 보이는 모양입니다 마당엔 목마른 사람들, 피투성이 사람들이 목마르다고 춥다고 난리법석이라 합니다 바로 옆 수도꼭지를 틀면 되는데 수도가 있는 것도 모른다며 안타깝게 안타깝게 주절거리다가 이내 이불을 들고 마당으로 나갑니다 목마른 사람들 피투성이 사람들 어디에도 없다며 말리지만 듣지 않습니다 저 사람들에게 물을 주어야 한다고 이불을 덮어 줘야 한다고 막무가내입니다 아무리 보아도 마당엔 몇 그루의 나무와 나무 사이에서 깝작거리는 두 세 마리의 새와 점점이 떨어지는 분홍빛 꽃잎들, 그런 것들뿐입니다 그런데도 마당으로 나가지 못해 안달입니다 다른 때에는 그렇게 힘없어 보이던 손아귀가 이때만은 얼마나 억센지 쇠갈퀴 같습니다 누군가에게 빼앗길세라 이불을 보듬어 안은 채 허둥지둥 마당으로 나갑니다 다시 보니 정말 그곳에는 춥고 목마르고 상처 입은 사람들이 가득한 듯하기도 합니다 어떻게 보면 저 오랜 시절부터 우리 모두는 너나할 것 없이 모두 상처 입은 사람들입니다

장모와 가시

바늘로 후벼파면 후벼팔수록 가시는 더 살 속으로
파고든다
자식을 둔 딸들이 앞다투어 어머니의 살 속 가시를
뺀다
아프면서도 즐거운 비명을 지른다
혼자 아무 탈 없이 지내다 제삿날 하필 가시에 찔릴
게 뭐냐,
그러나 딸들이 어머니를 기쁘게 한다 어머니는 내심
거 참 가시에 잘 찔렸다고 생각하고 있는지 모른다
이럴 때 아니면 언제 이런 기쁨을 맛보겠는가
나도 옆에서 지켜보니 온갖 고생 때 덕지덕지 묻은
손가락에는 핏방울이 붉게 피어나 번진다
핏줄기와 핏줄기가 만나면 이렇게 따뜻하다
서로 헤어져 있다가도 하나가 되어버리는 것이다
얼마나 아늑해져버리는지 내가 가시에 찔린 것처럼
그만 즐거운 마음이 된다
가시여, 얼마든지 가시에 찔려도 좋다
더욱 아픔이 깊어도 좋다 피 자욱히 흘려도 좋다
한반도가 한 마음 되어 바다로 흘러가는 것을 본다

절망의 詩

나도 작품다운 작품을 한 점
빚어내야 하겠다
학이 깃을 치는
멋스러운 형상의 자기가 아니라
투박한 촌부의 손길로
촌티 나는 그릇이나 하나 빚어내면
족하고 족할 일이다
세상을 달관한 사람처럼
운치 있는 문장도
그럴 듯한 몇 마디 미사여구도
나는 모르므로
그저 이빨 빠진 엉성한 사기그릇이나
구워내면 그만이다
그래서 당신들이 한번이라도
눈길 주면 그나마 다행이고
그렇지 않으면
어느 구석진 곳 처박혀
쩍쩍 금갈 대로 금가다

어느 날 아주 바스러져
흙으로 돌아가 버릴 일이다

그리움

바닷가에 서서
오지 않을 너를 기다리는 시간은 무료하다
가슴 설레는 나이는 지나버렸지만
비가 오기를 기다리다 오지 않는 날은
얼마나 마음이 쓴가
기다린다 기다릴 사람은 없지만
마치 누군가를 기다리듯 서성이며,
그런 나를 눈치챈 사람이 있었다면
참으로 부끄러웠으리
기다릴 사람이 없어도 기다리는 마음은
달콤하고도 씁쓸하다
그래도 기다린다 어차피 삶은 오래 누군가를
무엇인가를 기다리는 것이다
기다리다 지쳐 발길 돌리거나
오지 않는 사람을 탓하며
돌아서는 척한다 사실은 탓할 그 누구조차도 없으면서
내 등덜미에 차가운 바람이 이는 것을
아무도 바라보지 않았으면 한다

나는 누군가를 기다렸고
간절히 사랑하고 싶었었고
사랑한다는 말 꼭 한번은 건네어야만 했다
입술 질끈 깨물고 돌아선다

노스님

그 노스님이 바로 화초다
개간한 듯싶은 몇 뼘 땅에
화초들 그렇게 잘 자라나는 것 보면
노스님 마음이 밑거름 되어
화초들 커 나가는 모양이다
간밤 비바람 훑고 가더니
꽃 이파리 모질게 찢어졌다
삭정이 같은 문 들어서다
나는 보아버렸다 그 노스님
찢긴 꽃잎 애처롭게 쓰다듬는 모습을
선한 눈빛 들어 뜨거운 마음 주는 것을
남의 상처 보듬어 안아본 적
없는 나, 부끄러워 노스님과 몇 마디
따뜻한 대화 나누고 싶은 찰나 잃어버렸다

5부

항파두리 토성을 걸으며

城이란 말속에는 늘 피 냄새가 난다
보호한다는 말뜻 지킨다는 말뜻 싸운다는 말뜻
지키기 위해 얼마나 많은 싸움이 일어났는가
얼마나 많은 피들이 물줄기 이루었는가
흙을 쌓아 만든 항파두리 토성
풀잎들 제법 토실토실한 그 위를 걷는다
흙이 밀어내는 역한 주검 냄새
수증기처럼 허공으로 솟아오른다
몽고족은 기어이 김통정을 찾아 왔다
쓰러지는 것은 언제나 약자지만
역사는 강자가 옳았다고 두둔하는 것만은 아니다

城이란 말은 늘 피에 절어 있는 말이다
봄볕 넘실대는 들판이 아니다
별빛 찬란한 밤이 아니다
지키기 위해 차지하기 위해
언제 어디서나 사람들은
두 눈 벌겋게 뜨고 사투를 벌인다

환해 장성 터에서

돌을 차곡차곡 쌓아올려 탑을 만든다

수백 수천 사람이 지나가다 돌을 쌓아올렸다

소망을 담은 눈들이 알처럼 빛난다

수평선을 바라본다

이곳은 옛날 몽고족의 침입을 막기 위해
만들어놓은 환해 장성 터다

오랜 세월이
둥근 돌담을 허물어뜨린 그 자리에
사람들이 한 땀 한 땀 돌탑을 쌓아올렸다

파도소리 들린다
바닷바람이 비수 같다
누군가의 웅얼거리는 한 맺힌 소리

소리는 돌 속으로 틈입하여
딴딴하게 굳어졌다
돌 하나하나 들어올릴 때마다
힘겨웠던 세월의 무게가 묵직하다

아내도 탑을 쌓는다
무엇을 빌고 있을까

말하지 않는다 기원하는 것이
하늘에 닿았으면 하고 나는 그걸 기원한다

加波島에서

섬사람들은 섬이 아름다워 섬에 사는 게 아니다
수평선만 바라보는 사람이 산다
손발이 되고 눈이 되고 살갗이 되고 마음이 되어버린
땅을 떠날 수는 없다
그러나 어찌 떠나고 싶지 않으랴
물질 나갈 때
성난 뱃길에도 그만 하늘이 샛노래지고 만다
바람이 분다 가슴에 구멍을 내고 간다
가슴에 뚫린 구멍 메울 수 없다
어찌 한곳에만 머물고 싶으랴 아버지가 살고 어머니
가 살고
숱한 땀방울과 그렁그렁한 눈물과 노여움이 살지만
어찌 한 세월 훌훌 떠다니고 싶지 않으랴
떠나지 않는다 떠날 사람은 떠나도
남아있을 사람은 남는다
칵하고 세상에다 하늘에다 침을 뱉는다
그게 그들이 살아가는 힘이다

보길도에서

1. 예송리 풍경
아침 이마에 돋은 눈썹과 같은 나무숲 사이로 은비
늘 반짝이는 물결을
나는 자꾸만 베어먹고 싶어 온통 몸이 달았다

2. 민박집 풍경
보길도에서는 벽시계 치는 소리도
둥둥둥 먼 길 떠나는 뱃고동소리로 들리네

3. 바닷가 풍경
새벽 바닷가 자갈들이
폐혈관 깊숙이 파도를 들이마신 뒤
달그락거리며
이 세상에서 가장 흰, 소리 알들을 빚어낸다

4. 고산 윤선도
보길도에는
그 경치가 너무나 빼어나

탐라로 가다 발길 멈춘
고산 윤선도가 아직도 그냥 눌러 산다네
이 못지 않은
탐라국으로 가서
나도 아주 지그시 눌러앉아 지내려네

5.보길도 풍경
카메라 속에 보길도 풍경을 담자
풍경들은 곧 지워져버린다
지워진 틈새로
종종거리며 새로운 풍경들이 알을 깐다

빙어를 기다리며

30cm 가량 되는 얼음장을 깨고
한 중늙은이가 빙어낚시를 한다
중늙은이의 눈 속에는 그림자 빙어가 살고
정작 빙어는 얼음장 저편에서 자유롭다
시간이 흘러도 빙어는 입질조차 않는다
나 같으면 기다리는 시간이 무료하여
탈탈 자리를 털고 일어나고 말겠지만
중늙은이는 익숙한 듯 아랑곳하지 않는다
산자락마다 아주 녹을 것 같지 않는
눈들이 허연 눈썹을 달고 있다
기다리노라면 눈은 녹을 것이고
드리운 낚시에도 반가운 소식은 올 것이고,
기다림이 바로 중늙은이의 오랜 신앙이다
늘 무엇인가 기다리면서 사람들은 살아간다

사라봉 등대

도둑놈도 밀수군도 야바위군도
떠돌이도 왜놈 앞잡이도
독립투사도 선남선녀들도 가슴 조이며
사라봉 등대 불빛 밟고 지나갔습니다
그러나 제주시 사라봉 중턱에
묵은 등대 옆 새 등대 하나 더 생겨나면서
묵은 등대 더 이상
바다를 바라볼 수 없게 되었습니다
달도 별도 꿈도 수평선에 걸린 고깃배들도
매만질 수 없게 되었습니다
캄캄하게 눈멀었습니다
의자 깊숙이 얼굴 파묻고
나날이 여위어갑니다
비탈진 언덕에서
그 모습 바라보면서
나는 그만 삶이 서글퍼지고 말았습니다
꿈이 없는 곳에
세상은 전혀 살아 숨쉬지 않았습니다

밀감 밭에서
― 밀감 값이 폭락하던 시절을 떠올리며

밀감 밭에는 아버지가 있고
내가 있고 건조한 톱밥 냄새가 있다

톱밥이 날린다
추운 겨울이 뻘뻘 땀 흘린다

밀감은 왜 제 값을 못 받나
안 팔리는 밀감 때문에

밀감나무들을 벌채해야만 한다

전기톱은 눈 깜짝할 사이 아버지 허리를 잘라내고
토막토막 가지치기하고

수북히 가루로 날려버린다

아버지 애석함보다도
날리는 톱밥가루가 더 재미있는 나는

우두커니 그쪽에다 정신을 놓아버린다

그러는 사이 아버지가 사라져버렸다
헐값에 팔려간 가엾은 아버지

이제 밀감 밭에는 나만 있고
나도 곧 떠난 뒤에는
아무도 남지 않을 것이다

곶자왈

곶자왈에 대해 그저 어렴풋이만 알았습니다 잡목과 가시넝쿨 어우러져 쓸모 없는 땅처럼 여겨졌던 곳이라 합니다 정녕 큰 뜻 둔 사람들은 그곳을 까뭉개고 새하얗게 다듬어 골프장을 만들려고 했다는데요 무지한 나는 지금까지 그런 사실도 알지 못했습니다 단순히 골프장 만드는 일만 반대했지요 정작 곶자왈의 의미는 잘 몰랐습니다 그런데 그 곶자왈이 제주의 허파라는 것입니다 팔딱팔딱 들숨날숨 들이쉬는, 비가 오면 온통 빗물 받아 마시기도 하고 필요할 때는 되돌려주기도 하는 바로 생명줄이라 합니다 오염물질이 스며드는 양이 많으면 많을수록, 알 수 없지요 그만큼 우리들 목숨은 간당간당해질 것이고 우리는 그럭저럭 살아간다 하더라도 먼 훗날 우리 자식의 자식놈들은 도대체 어떻게 될지 도저히 예측하기 어렵지요 아 그러고 보면 그 곶자왈, 오늘은 애인처럼 꼭 보듬어 안고 놓지 말아야 하겠습니다 나도 팔딱팔딱 숨을 쉬어야 하겠습니다

그리운 사월

동백꽃 진다
그 붉은 입술을 나는 사랑하리라
아픔이 그대 옆구리를 찔러
고통 속에 놓여 있던 모든 사람들을
마음 깊은 곳의 울림으로 사랑하리라
설령 나를 알고 있는 사람들이
저 사람은 도대체가 가슴 뜨거운 공감대라고는
없는 사람이야 하고 규정한다 할지라도
비록 내 목소리 공허하다 할지라도
나는 그대들을 사랑하리라
지상의 따뜻한 밥 한 그릇 나눠먹던 사람들아
남루한 삶이어도 뿌듯한 인정 알던
가슴 아픈 이 땅의 피붙이들아
한 나뭇가지에서 나고 먼저 떨어져간 꽃잎들아
점점이 희미한 기억 속에 묻혀간 사람들아
그대 걸어다니던 들길 오솔길 바닷길
그대 매만지던 보리 이삭들 조 이삭들 콩깍지들
그대 발길에 툭툭 채이던 돌멩이 하나

밟혀 얼굴 샛노래진 풀잎 하나
언제 봐도 싫지 않은 풋풋한 살붙이들 이웃들
장마 때면 어김없이 도란거리며 흐르는
그리운 얼굴 같은 실개천, 아 그런 것들 놔두고
그대들은 가장 나중 떨어진 꽃보다도 더 이르게
다른 세상으로 떠났다 이 계절에 그대들이 그립다

대숲에서

꽂꽂한 정신 하나 붙들어매기 위해
날이 맵찰수록 대나무들은 더욱 푸르다

한때는 지조 있는 선비들이
대나무의 뜻을 본받으며 스러져갔다

나라가 어려울 때 의병들도
죽창 들고 나라를 구하는데 앞장섰다

4·3 때도 사람들은 죽창을 들었다
그 중에는 억울해서 죽창을 든 사람도 있었다 한다

그 모든 원통함이 대숲에는 살아 있다
그들의 뼈아픈 목소리가 댓잎 끝에 서걱거린다

알고 보면 다 인정 나누며 살던 이웃인 것을

서로 어우러져 살기 위해

대숲에는 대나무들이 빽빽이 모여 살고

우리는 여기 고단한 몸 비비며
두 눈 부릅뜨고 꼿꼿하게 살아가려 애쓴다

편지
― 사진작가 김영갑氏에게

그대 가까이 갔습니다
한 폭의 수채화였습니다
자동차 소음도 쓰레기더미 냄새도
기름 냄새도 화장품 냄새도 깡통 냄새도
주검 썩는 냄새도 나지 않았습니다
풀 향기 가득했습니다
물감을 풀어놓은 것 같았습니다
나무가 있고 푸른 오름이 있고
돌담이 있고 엉겅퀴가 있고
세상을 불질러버릴 듯
붉은 노을이 번지고 있었습니다
새로운 생명이었습니다
자연이 싱그러운 눈을 뜨고
끝없이 가슴속 물결쳐 갔습니다
나를 주체하지 못하고
한참이나 바보가 되어도 좋았습니다
사진이었지만 사진이 아니었습니다
주르르 흐르는 물줄기였습니다

뚝뚝 고개 떨구는 눈물방울이었습니다
밤하늘 훑고 가는 별똥별이었습니다
고통이 자르르 물감 풀어놓은 魂불이었습니다

始 原
— 강요배 화백의 그림전을 보며

잔뿌리처럼 찢긴 눈길로
한 노파가 먼 들판을 바라보고 있다
그 옆 한 아이가 옹골진 모습으로
땅바닥을 내려다보고 있다
등뒤로 아름드리 팽나무 서 있다
추억의 저편으로
사라져간 가족의 환영이 보인다
한순간에 모든 것은 달라지고
덩그러니 우리만 여기에 놓여 있다
아는 사람은 알리라
남아 있는 사람의 그 깊은 고통을
마을이 화염덩어리로 변하는 순간
마을은 아수라장으로 변하고
핑핑 총탄 스치는 소리 들렸다
사람들은 이리저리 흩어지고
어떻게 되었는지 모른다
모진 생명만 이 세상 살아가라고
남겼다 우리 이제 어디로 가야 할 것인가

캄캄함만이 어둠 속에 솟구치는 불길보다도
더 캄캄하게 타오른다
그래도 일어나 어디론가
가지 않으면 안 되는 것인가
타들어 가는 시체와 곡식과 집들과
오랜 세월 푹 길들여진 진득한 사랑 놔두고
기어코 삶은 어디론가 가라 한다
가서 팽나무처럼 단단한 뿌리내리고 살라 한다

호프집 '간이역'에서
— 新炭里 驛舍 사진을 보며

누군가 흘린 빛 바랜 눈물 자국 같은
희뿌연 벽
한 번도 가본 일 없으나
먹빛으로 번지는
깊은 강물 같은
그리움 하나
온종일
서 있는
新炭里 驛舍 앞에서
나도 역사가 되어
가장 쓸쓸한 표정으로
사무치게 누군가를
기다린다

식당 '해 뜨는 집'

밤 아홉시 무렵 마음이 답답하고 울적해지면
나는 운동화를 신고 두 개의 신호등을 건너
식당 '해 뜨는 집'으로 간다
사람들은 거의 비어 있거나 서너 사람 앉아
해물 빈대떡이나 해장국 한 그릇에
막걸리나 소주를 기울인다
눈발 날리는 어떤 날은 아주 사람 그림자
없다 누구에게나 덤덤한 표정을 바꾸지 않는
주인 아주머니를 등지고 내 눈길은 창 밖에
머문다 어둠의 무게에 짓눌린 가로수들과
몇몇 상가에서 흘러나오는 여린 불빛들이
사람의 마음을 쓸쓸하게 한다
소 뼈다귀를 푹 달여 만든 해장국 한 그릇과
항아리에 담갔다 다시 냉장고에 저장해둔
서늘한 막걸리 반 주전자를 주문하고
…들이킨다
혼자서 마시는 술은 혼자이므로
외롭다 혼자 먼길 걸어가는 나그네처럼

나도 혼자 먼길 걸어가고 있다는 감상에
빠진다 술은 판화처럼
더 깊은 외로움을 찍어낸다 아, 나는 지금
식당 '해 뜨는 집'에 앉아
무언지 감당할 수 없는 무게로 깔리는
창 밖 어둠을 바라보고 또 바라본다
거기 어디 내가 비집고 들어갈
희망 씨앗 하나 있는지 알아본다
나는 더 깊숙이 침잠해야 한다

맑고 투명한 신생의 시

고 명 철
(문학평론가, 광운대 교수)

> 이 세상에 맑은 정신을 가진 것들
> 떨어지고 난 뒤에 맑은 울림으로 남는다
> 순금의 추억보다
> 번쩍 정신 들게 하는 그 깨어짐이
> 오히려 황홀하여 미치겠다
> ― 김광렬의 「는개 내리는 날 숲 속 풍경」 중에서

1. '맑은 영혼'에 대한 염원

욕망의 과잉 시대를 살고 있는 우리가, 숱한 욕망의 유혹으로부터 자유로워지는 일은 말처럼 쉽지 않다. 조금만 주위를 둘러보아도 욕망의 그림자는 우리들 삶

에 짙게 그늘을 드리우고 있다. 우리가 욕망을 품기보다 욕망이 우리를 나포한다고 하는 게 '지금, 이곳' 우리의 삶 곳곳에서 목격할 수 있는 풍경이다.

그런데 시인 김광렬은 이러한 풍경으로부터 멀찌감치 비켜나려고 한다. 욕망의 포화 속에서 우리의 영혼은 혼탁해지는바, 혼탁한 영혼과 불순한 마음을 갖고서는 온전한 삶을 살아갈 수 없기 때문이다. 하여 김광렬 시인은 이번 시집 『풀잎의 부리』에서 '맑은 영혼'을 지닌 시편들과 '무욕(無慾)'의 시편들에 각별한 신경을 쏟고 있다. 가령, 이번 시집의 표제작이기도 한 「풀잎의 부리」는 김광렬 시인의 시적 태도와 시정신의 묘체를 집약시켜 보여준다.

> 새벽이면 풀잎들은 세상에서 가장 영롱한 이슬들을 쪼아먹는다
> 언제 날카롭고 뾰족한 부리를 키웠는지 그저 신기하다
> 내가 푸근히 잠자는 사이 맑은 영혼 마시기 위해
> 풀잎들은 가슴에 등불 밝혀 밤을 새웠던 것이다
> 새벽 이슬을 쪼아먹는 풀잎들의 부리가 눈부시도록 환하다
>
> ―「풀잎들의 부리」 전문

동트는 새벽 무렵 풀잎에는 이슬들이 맺혀 있다. 그런데 시적 화자가 주목하는 것은 풀잎에 맺혀 있는 이슬들이 아니라, 이슬들을 맺고 있는 풀잎들이다. 이 새벽의 미시적 풍경을 시적 화자는 풀잎들의 "뾰족한 부리"가 "새벽 이슬을 쪼아먹는" 것으로 파악한다. 시적 화자에게 새벽 이슬은 "세상에서 가장 영롱한" "맑은 영혼"을 소유하고 있는 것으로 인식된다. 하여 시인은 '풀잎들의 부리'를 소유하고 싶다. 이 부리를 통해 지금껏 혼탁해진 자신의 영혼을 말끔히 비워내고 그 자리에 새벽 이슬처럼 '맑은 영혼'을 간직하기 위해서.

사실, '맑은 영혼'에 대한 김광렬 시인의 염원은 자신도 모르는 새 혼탁한 영혼과 타락한 정신의 노예로 전락해가고 있는 데 대한 준열한 자기비판과 깨우침의 산물이라는 것을 가볍게 지나칠 수 없다.

하느님 나는
쓸모 없는 가죽자루입니다
정신이 먼저 노쇠해버린
마구간 늙은 노새입니다
오늘 나는 누군가로부터
참으로 힘겨운 사람이라는

뼈아픈 소리를 들었습니다
하느님, 허약하기 이를 데 없는
내 이 몇 점 씁쓸한 삶을
차라리 푸줏간에다
팔아버리십시오
조각조각 찢겨
탱탱한 정신으로 다시
태어나겠습니다

—「슬픈 노래」 전문

무섭다 나뭇잎들이
저리 소리 없이 지고 있으니
나는 너무나
많은 말들을 주절거리는데
바다 속 같은
연꽃 같은
저 깊은 무언의 가르침
무욕의 눈빛
그게 온통 나를 찔러
파르르
작둣날 위 선 것 같다

—「가르침」 전문

　자신을 향한 시인의 자기비판은 혹독하다. 시인은 냉철히 인식하고 있다. 시인의 정신은 "노쇠해 버린/마구간 늙은 노새"에 불과하기에, 시인의 육신은 "쓸모 없는 가죽자루"에 지나지 않다고 말이다. 여기에는 세상을 향한 "너무나/많은 말들을 주절거리는" 가운데 욕망의 과포화를 낳은 자신에 대한 비판적 성찰의 시적 태도가 깃들여 있다. 때문에 시인은 타락한 정신과 쓸모없는 육신에 미련이 없다. 시인은 "바다 속 같은/연꽃 같은/저 깊은 무언의 가르침/무욕의 눈빛/그게 온통 나를 찔러" "탱탱한 정신으로 다시/태어나"고 싶을 따름이다. 물론 이러한 자기갱신이 가만히 있으면 저절로 도달하는 그런 경지는 결코 아니다. 진정한 자기갱신에 값하는 삶의 고통이 수반되지 않고서는 자기갱신다운 자기갱신을 이룰 수 없다.

　　너무 서둘러 왔다는 듯 바위틈에서 물줄기는
　　한번 몸을 뒤튼다 産苦를 겪는 사람처럼 물줄기는
　　한번 크게 아파하고 싶은 거다
　　꽃은 꽃을 피워내어 그 아름다움의 절정을 이루듯
　　온갖 자태로 진초록 하얀 꽃을 피워내는 물줄기의
모습은
　　그 아름다움이 극한에 이르렀을 때

우지끈 새로운 정신을 낳아버리고 싶은 거다
그리하여 뒤틀리며 소용돌이치며
저렇게 된통 앓아버리는 거다
먼바다에 닿기 전 한번쯤은 자신의 삶에 대해
깊게 고뇌하고 싶은 거다

—「여울」 전문

"아름다움이 극한에 이르렀을 때/우지끈 새로운 정신을 낳아버리고 싶"은 것처럼, 그 극한의 고통을 견뎌내지 않고서는 새로운 정신을 낳을 수 없다. 바꿔 말해 신생아를 낳기 위해서는 산모의 육신이 찢기는 고통을 견뎌내야 하듯이, 시인이 그토록 염원하는 '맑은 영혼'과 '새로운 정신'의 탄생도 크게 다를 바 없다는 시적 전언을 우리에게 들려준다. 이렇게 우리가 무심코 바라보는 여울은 시인의 세밀한 시안(詩眼)에 의해서 시적 의미를 확보한다.

2. 타자들과 새로운 관계 모색

'맑은 영혼'을 향한 김광렬 시인의 집요한 탐색은 지금까지 거듭 강조했듯이, "아직도 내가/헛된 욕망에서 벗어나지 못했기 때문"(「막다른 골목」)이라는 뼈저린 각성에 연유한다. 그것은 '나'를 제외한 누군가의 기쁨과 희망이 되지 못한 채 '나' 자신만의 맹목화된 삶을 살았다는 데 대한 내적 성찰이기도 하다("목적지만을 향해 가다 보면/때로 삶이 참담하기만 합니다/밟고 와 버렸습니다"「벼랑 끝에 서서」부분). 하여 시인에게 그 무엇과도 바꿀 수 없을 정도로 가장 절실히 요구되는 것은 새로운 존재로 거듭나는 일이다.

아 오뇌의 시간
나를 내려치는 저 빗소리
천둥소리 번쩍이는 번개불빛
나는 점점 작아지고 콩알만해져서
아주 땅콩 껍질 속에 갇혀버린다
나를 꺼내 줄 사람은
나인가 다른 누구인가

—「오뇌의 시간」부분

　시적 화자는 오뇌의 시간을 보낸다. 자기갱신의 통과의례를 견딘다. 그 오뇌의 시간 속에서 '나'는 갱신의 신열을 앓는다. 지금까지 익숙한 '나'의 존재가 혼돈에 휩싸이는 두려움을 경험한다. '나'는 다시 태어나기 위해 견고한 껍질 속에 스스로 갇혀버린다. 그리고 갇힌 껍질 속에서 '나'는 안간 힘을 쓸 것이다. 그동안 나태해질 대로 나태해진 '나'의 현존을 부정할 것이다. '나'는 이대로 안주할 수 없다. 세상이 혼탁해질수록, 아니 세상이 혼탁함 자체를 인식하지 못할수록 '나'의 정신은 맑고 투명하여 세상의 혼탁함을 똑바로 응시할 수 있어야 한다. 그것이 바로 '나'의 진정한 자기갱신의 목적이기도 하다.

> 나를 나태하게 하는 저 따뜻함
> 나를 위태롭게 하는 저 나른함
> 이부자리로 기어들다 보면
> 무엇이 보이나 어떤 세상이 열리나
> 이불 속에 따뜻한 꿈 보이기나 하나
> 축 늘어져 정신이 썩기 전에
> 광장이나 들판에 서야 한다
> 가지를 키우고 잎을 피워내고
> 단단히 뿌리를 내려야 한다 춥다고
> 구들장을 지킬 수만은 없다
>
> —「겨울에」 부분

이처럼 육체와 정신의 나태함을 부정하고 경계하는 시적 화자에게 눈여겨보아야 할 것은 그동안 소홀히 간주했던 타자들과의 소통의 길을 내고 있다는 점이다. 자신의 맹목화된 삶 속에서 잊고 있었던 타자들과의 새로운 관계를 회복하는 일이다. 왜냐하면 자기를 갱신한다는 것은 타자들과 맺는 관계의 갱신과 무관할 수 없기 때문이다. 이 관계의 갱신을 위해 시적 화자는 우리들 일상의 경계를 구획지었던 집과 집 사이의 울타리를 터버린다. 울타리의 경계를 지워내는 일은 그저 물리적 공간의 경계를 허무는 것만을 의미하지 않고, 타자들 사이의 소통의 길을 냄으로써 타자들 사이의 관계가 새롭게 모색되는 셈이다(「경계」). 이 새로운 관계의 모색은 우리가 외면하고 있었던 타자들과 소통의 중요성을 새삼 일깨워준다. 하여 시적 화자는 그동안 모르고 지나쳐온 아버지의 "천근 사랑"(「아버지」)을 가슴깊이 이해하게 되고, "이제 나에게는 꺼져 없는/그 따뜻한 어머니 불씨를/기어코 피워내야 하겠다"(「어머니 불씨」)는 다짐을 하게 된다. 우리의 친근한 이웃들과 가족들 사이의 소통의 길을 냄으로써 시적 화자는 자기갱신에 값하는 내적 성찰의 진정성을 확보한다고 할까.

3. 죽음을 넘어서는 생명성

우리는 이번 시집 『풀잎들의 부리』를 읽어가면서 나무의 생장과 관련한 시인의 통찰을 만나게 된다. 김

광렬 시인에게 나무는 세계-내적-존재로서 살아가는
우리의 삶을 반성하게 하는 매개체인 셈이다. 그는 나
무의 생장을 지켜보면서 자기갱신의 의지를 다지고,
새로운 생명의 기운을 감지한다. 그런데 그의 시편에
서 주목해야 할 것은 나무들이 상처를 지니고 있으며,
상처로 인한 오랜 고통을 묵묵히 견뎌내면서 그 상처
부위가 새로운 생명을 품고 있다는 점이다.

불타버린 반쪽 밑동 사이로
힘겹게 새 희망을 차올렸다

희망 앞에서 절망은
날개 잃은 새,

죽음을 용납하지 않는다
선흘리 후박나무

팽팽한 긴장을 늦추지 않고
살기 위해 부르르 몸 떨었다

아픈 상처 밀어내고
또 밀어내었다 오랜 세월

철철철 고름이 흐르고,
고름이 새 생명을 키웠다

상처 입고도 쓰러지지 않는 법을
선흘리 후박나무에게서

나는 배우고 돌아온다

내 썩은 밑동에서 새순이 돋는다
―「선흘리 후박나무」 전문

　선흘리는 제주의 한 부락명이다. 이곳에서 시인은 강인한 생명성을 보이고 있는 후박나무를 마주한다. 이 후박나무는 시의 표면에 드러나고 있지 않으나, 아마도 4·3의 화마(火魔)를 입고 있는 것으로 보아도 무방할 터이다. 4·3 당시 선흘리를 비롯한 제주의 중산간 마을은 무장대와 토벌대 사이의 격렬한 싸움으로 인해 마을 전체가 불태워졌다 해도 과언이 아닐 정도로 언어절(言語絕)의 참상을 겪었다. 이 화마의 생생한 흔적을 선흘리 후박나무는 고스란히 증언해주고 있다. "불타버린 반쪽 밑동"이 그 당시 참상을 뚜렷이 보여준다고 해도 과언이 아니기 때문이다. 하지만 이 후

박나무의 생명은 다 하지 않았다. 후박나무는 삶을 향
한 "팽팽한 긴장을 늦추지 않고/살기 위해 부르르 몸"
을 떨고 있다. 비록 온전히 생장하지 못했지만, 반쪽
이 타버린 그 곳에서 후박나무는 새로운 생명을 잉태
하고 있었던 것이다. 후박나무는 역사의 통절한 아픔
을 간직하고 있되, 그 아픔의 상처를 강인한 생명력으
로 치유하고 있었던 셈이다. 후박나무는 절망을 희망
으로 전도시키고 있었던 셈이다. 하여 시적 화자는 후
박나무의 이러한 생장에 담겨 있는 소중한 깨우침을
얻는다. 그것은 역사의 상처를 견디면서 새로운 역사
의 지평을 모색하는, 즉 역사의 전망을 향한 꿈을 포기
할 수 없다는 시적 진실의 힘에 대한 자각이다.

후박나무로부터 발견되는 이러한 시적 통찰은 김광
렬 시에서 형상화되는 나무의 특장(特長)이라 해도 손색
이 없다. 말하자면 그가 각별히 주목하고 있는 나무의
생장은 제주의 역사와 긴밀한 관계를 맺고 있다. 가령,

꼿꼿한 정신 하나 붙들어매기 위해
날이 맵찰수록 대나무들은 더욱 푸르다

한때는 지조 있는 선비들이
대나무의 뜻을 본받으며 스러져갔다

나라가 어지러울 때 의병들도
죽창 들고 나라를 구하는데 앞장섰다

4 · 3 때도 사람들은 죽창을 들었다
그 중에는 억울해서 죽창을 든 사람도 있었다 한다

그 모든 원통함이 대숲에는 살아 있다
그들의 뼈아픈 목소리가 댓잎 끝에 서걱거린다
　　　　　　　　　　　　　　　—「대숲에서」 부분

　에서도 알 수 있듯이, 대나무 역시 제주의 4 · 3과 관
계를 맺고 있는 역사적 소재로 해석되고 있다. 물론 그
렇다고 그의 시편에서 등장하고 있는 모든 나무가 제주
의 역사적 맥락에서만 시적 의미를 갖는 것은 결코 아
니다. 「상가리 팽나무에게」와 「버짐나무를 바라보며」
의 시는 역사적 맥락을 꼭 염두에 둘 필요는 없다.

　나도 그대처럼 한 천년 웅크러 있게 해다오
당당히 서 있지 않게 해다오
옹이 박힌 모습으로
고통으로 일그러진 모습으로 살게 해다오
(중략)

그대 곁에 나도 앉은뱅이로 있게 해다오
둥둥 북 울리게 해다오
영혼이 박힌 사람이 되게 해다오
—「상가리 팽나무에게」 부분

나도 버짐나무처럼
허물을 벗고 싶다
마음 깊숙이 감춰져 보이지 않은
허물딱지들을 벗겨내고 또 벗겨내면
드러는 연초록 푸르스름한 실핏줄들,
그 실핏줄을 갖고 싶다
그 푸르스름한 실핏줄들은
과연 어디서 생겨난 것일까
늘 깨끗함을 지니고자 하는
흰 뼈 같은 맑은 정신 바로
거기에서 오는 것은 아닐까
—「버짐나무를 바라보며」 부분

시적 화자는 오랜 세월 동안 옹이 박힌 모습으로 서 있는(혹은 앉아 있는) 팽나무가 침묵으로 들려주는 삶의 진실을 포착한다. 팽나무의 삶 속 깊이 파고들어간 그 옹이는 팽나무에게 고통을 안겨다주었지만, 동시

에 팽나무로 하여금 깨어있는 영혼을 소유하도록 하였
다. 옹이 박힌 팽나무의 외양은 볼품 없을지라도 팽나
무의 정신과 영혼은 그 어떠한 볼품 있는 나무들보다
견실하다. 그러기에 시적 화자는 옹이 박힌 팽나무처
럼 생의 옹이가 자신의 삶 깊숙이 박히기를 원한다. 그
것은 잠시라도 나태해지거나 정체(停滯)되고 싶지 않
아서다. 늘 싱그러운 생명력을 지니고 싶어서다. 혼탁
한 영혼이 아니라 맑은 영혼을 지니고 싶어서다. 비록
시인의 육신은 볼품 없게 쇠락해가고 있으나, 영혼만
큼은 혼탁해지고 싶지 않아서다.

4. 담박미(淡泊美)와 절명성(絕命性)의 시

어떻게 보면, 시인의 이러한 일련의 내적 성찰의 도
정은 그동안 관성화된 자신의 시쓰기에 대한 냉철한
자기점검의 일환이라고 볼 수 있다. 좋은 시인이라면,
자신의 시세계에 잠시도 안주하지 않고, 늘 깨어있는
시정신을 갈무리하지 않는가. 김광렬 시인 역시 예외
가 아니다. 그렇다면 그가 갈고 다듬으려는 시는 어떠
한 것인가.

나도 작품다운 작품을 한 점
빚어내야 하겠다

학이 깃을 치는

멋스러운 형상의 자기가 아니라

투박한 촌부의 손길로

촌티 나는 그릇이나 하나 빚어내면

족하고 족할 일이다

세상을 달관한 사람처럼

운치 있는 문장도

그럴 듯한 몇 마디 미사여구도

나는 모르므로

그저 이빨 빠진 엉성한 사기그릇이나

구워내면 그만이다

그래서 당신들이 한번이라도

눈길 주면 그나마 다행이고

그렇지 않으면

어느 구석진 곳 처박혀

쩍쩍 금갈 대로 금가다

어느 날 아주 바스라져

흙으로 돌아가 버릴 일이다

—「절망의 詩」 전문

  시인이 욕망하는 시는 "투박한 촌부의 손길로" 빚
어진 "촌티 나는 그릇"이지, 운치 있는 문장이나 비색
(秘色)으로 꾸며진 화려한 자기가 아니다. 우리들의 삶

136

과 밀접한 연관을 맺고 있는 생활 속 자기이지, 생활과
유리된 미적 관상용으로 만들어진 자기가 아니다. 다
시 말해 언젠가 "어느 날 아주 바스라져/흙으로 돌아
가 버릴" 생활 도자기가 바로 시인이 욕망하는 시의
특성을 간직한 자기다.

그런데 우리는 이러한 생활 자기를 빚는 게 그렇게
어렵겠냐는 물음을 던질 수 있으리라. 여기서 우리는
생활 자기의 투박한 아름다움이 거저 얻어지는 게 결
코 아니라는 것을 알 필요가 있다. 막무가내로 빚는 게
생활 자기가 아니며, 삶의 땀투성이가 온전히 배여나
는 게 바로 생활 자기의 깊은 매력이다. 우리의 일상과
유리되지 않은 생활 자기의 친연성, 자신의 아름다움
을 표나게 드러내지 않은 담박미(淡泊美), 이러한 미적
속성으로부터 생활 자기는 우리의 사랑을 듬뿍 받는
다. 김광렬 시인이 염원하는 시는 생활 자기의 이러한
미적 속성이며, 그는 삶의 땀내음이 깊게 스며든 시의
경지에 도달하려고 한다.

하여 이 경지에 도달하고자 하는 시인에게서 우리
는 죽음을 넘어 신생의 꽃을 피워내고자 하는 시인의
욕망을 만나게 된다.

오랜
세월 세월을 갈아

예쁘지도 않은 꽃

단 한번 피워
스스로를 죽이는 대나무

아 나도 詩의 칼날 갈아
섬뜩한 꽃 한번 피웠으면

칠흑 같은 밤
새하얗게 떨며

—「대나무 꽃」 전문

　시인은 "단 한번 피워/스스로를 죽이는 대나무"의 절명성(絶命性)을 지닌 시를 쓰고 싶다. 생의 여한을 남겨두지 않은 채 "섬뜩한 꽃 한번" 피워내는 대나무 꽃과 같은 시를 쓰고 싶다. 강렬한 생명성으로 충일된 시에 대한 이러한 염원은 '맑은 영혼'과 '견결한 정신'에 토대를 둔 시쓰기를 염원하는 것이라 해도 지나치지 않을 것이다. 김광렬의 시는 '지금, 이곳'의 시지평에서 무엇을 진정으로 고뇌해야 하는 지를 근원적으로 성찰하게 한다는 점에서 그 시적 존재의 가치를 아무리 강조해도 지나치지 않을 것이다.